KEMBALI KE MASA LALU

KEMBALI KE MASA LALU

ALDIVAN TORRES

Canary Of Joy

Contents

1 Kembali ke masa lalu   1

I

Kembali ke masa lalu

Kembali ke masa lalu
Aldivan Torres

Penulis: Aldivan Torres
@2019-Aldivan Torres
Semua hak dilindungi

Buku ini, termasuk semua bagiannya, dilindungi oleh hak cipta dan tidak dapat direproduksi tanpa izin penulis, dijual kembali atau ditransfer.

Biografi Singkat: Aldivan Torres, lahir di Brasil, adalah seorang penulis konsolidasi dalam berbagai genre. Sejauh ini memiliki judul yang diterbitkan dalam puluhan bahasa. Sejak usia dini, ia selalu menjadi pencinta seni menulis yang telah mengkonsolidasikan karier profesional dari paruh kedua tahun 2013. Ia berharap dengan tulisan-tulisannya untuk berkontribusi pada budaya internasional, membangkitkan kenikmatan membaca pada mereka yang tidak memiliki kebiasaan. Misi Anda adalah menaklukkan jantung setiap pembaca

Anda. Selain literatur, pengalihan utamanya adalah musik, perjalanan, teman, keluarga dan kesenangan hidup itu sendiri. "Untuk sastra, kesetaraan, persaudaraan, keadilan, martabat dan kehormatan manusia selalu".

Kembali ke masa lalu
Hari pertama kerja
Piknik
Keturunan dari Gunung
Merindukan
Refleksi
Danau Sucavão
Pasar
Kasus sapi
Pers

Hari pertama kerja

Hari baru dimulai. Matahari bersinar, burung-burung bernyanyi dan angin pagi amplop bungalo. Christine baru saja bangun setelah tidur yang dalam dan merevitalisasi. Mimpi yang dia alami malam sebelumnya telah meninggalkan sangat tertarik. Dia bermimpi biara dan biarawati yang dia pelajari untuk kagumi selama tiga tahun hidupnya yang disediakan agama. Mereka berpartisipasi dalam pernikahannya. Apa artinya itu? Itu bukan dalam rencananya untuk menikah pada saat itu. Dia masih muda, bebas dan penuh rencana. Indera perlindungan dirinya sendiri berteriak di dalam dirinya. Tidak, dia benar-benar belum siap untuk menikah. Dia membentang diam-diam di tempat tidurnya dan melihat pada saat itu. Hampir jam 6:30 pagi. Dia bangun, menguap dan pergi ke kamar mandi suit. Dia masuk, berbalik pada keran dan air dingin membawanya ke biaranya. Dia ingat tukang kebun yang bekerja di sana dan anaknya yang telah menawan. Mereka memulai permainan romantis dan berjalan bersama-sama dan dalam waktu singkat, dia telah menemukan bahwa dia jatuh cinta. Kontaknya terus dengan anak tukang kebun tapi suatu hari salah satu suster menangkap mereka berciuman. Ibu Superior dikonsultasi, tas Christine dikemas dan dia diusir dari biara. Pada hari ini dia merasa lega. Bantuan tidak lagi berbohong pada dirinya sendiri atau untuk hidup sendiri. Kontak dengan anak tukang kebun itu dibubarkan, dia lupa dia dan pergi ke rumah. Ibunya dan ayahnya menyapa di rumah dengan kejutan. Dia mengecewakan ibunya dan memberikan harapan baru kepada ayahnya yang ingin melihatnya menikah dengan anak-anak. Waktu berlalu dan dia tidak jatuh cinta sejak itu. Dia belajar merajut dan menyulam untuk lebih baik melewati waktu. Sekarang dia bekerja sebagai pengumpul pajak oleh pengaruh ayahnya. Dia merasa cemas dan gugup tentang situasi baru. Dia mematikan air dingin, sabun dan mulai membayangkan rekan barunya, Claudio. Dia menggambar seorang anak tinggi, pirang, penuh tato. Dia suka apa yang dia lihat dan terus mandi. Dia membersihkan tubuhnya kira-kira dia mengambil kotoran dari jiwanya. Dia mematikan keran dan menempatkan pada dua handuk: yang lebih besar di tubuhnya dan satu yang lebih kecil di kepalanya. Dia berjalan keluar dari suit dan pergi ke dapur untuk sarapan. Dia duduk, menyapa dirinya sendiri, dan menyapa ayah dan ibunya. Mayor mulai membuat percakapan.

"Apa kau senang, putriku? Kuharap kau melakukannya dengan baik di hari pertama kerja. Kau akan belajar banyak dari Claudio. Dia adalah seorang kolektor pajak yang hebat.

"Ya, aku. Aku tidak sabar untuk pergi bekerja karena merajut dan menyulam tidak menyenangkan seperti dulu. Pekerjaan ini akan melayaniku dengan baik meskipun aku pikir itu sedikit maskulin.

"Sekali lagi, dengan ini? Apa kau tak lihat kalau kau menyakiti ayahmu dengan sindiran ini? Dia melakukan segalanya untukmu.

"Permisi, kalian berdua. Aku sedikit keras kepala dengan beberapa ide.

Christine menyelesaikan sarapannya, mengucapkan selamat tinggal dengan ciuman di dahi orang tuanya dan berjalan ke pintu. Dia membukanya dan menuju untuk perusahaan yang menjual bensin. Dan cara meragukan penyerangan dia: Akankah Claudio bertindak seperti manusia gua? Apa dia akan menghormatinya di tempat kerja? Dia tidak tahu apa-apa tentang dia kecuali bahwa dia adalah putra Pereira dan dua saudari: Fabiana dan Patricia. Dia terus berjalan dan segera setelah dia mendekati perusahaan gas dia merasa bahkan lebih cemas dan gugup. Dia berhenti dan bernapas sedikit. Dia mencari inspirasi di alam semesta, di alam semesta dan dalam hatinya bermasalah. Dia ingat pelajaran yang dia pelajari di biara, biarawati dan cara yang berbeda mereka melihat kehidupan. Itu adalah periode tiga tahun perkumpulan spiritual yang tampaknya tidak memiliki arti sekarang. Dia berada di titik pertemuan orang baru, memulai sebuah kapal baru dan siapa yang tahu jika ini tidak akan mengubah cara melihat orang dan hidup. Itulah yang akan dia cari tahu seiring berjalannya waktu. Dia terus berjalan. Sebuah kekuatan baru menyegarkan dirinya dan mengisi tubuhnya dan memberinya dorongan tambahan. Dia harus berani seperti saat dia menghadapi biara Ibu Kepala biaranya dan mengakui kebenaran bahwa dia benar-benar jatuh cinta. Mereka mengepak tasnya, dia dikeluarkan dan pada saat itu rasanya seolah-olah mereka telah mengambil berat gugup. Dia dari punggungnya. Dia pindah dari ibukota dan sekarang tinggal di akhir dunia tanpa teman dan tanpa kenyamanan. Dia harus terbiasa dengan itu. Beberapa menit berlalu dan dia mendekati perusahaan gas. Dia hanya beberapa kaki jauhnya dari itu. Dia memperbaiki rambut dan pakaian untuk membuat kesan yang baik. Dia bernafas untuk terakhir kalinya, memasuki dan memperkenalkan dirinya.

"Aku Christine Matias, putri Mayor Quintino. Aku mencari Claudio, pengumpul pajak. Apa dia di rumah?

"Anakku pergi untuk makan dengan cepat di restoran di sini. Aku akan mengirimkannya. Ini adalah putri saya Fabiana dan Patricia, dan saya Mr Pereira.

Christine menyambut mereka dengan ciuman di pipi.

"Jadi, kau adalah Christine yang terkenal. Aku tidak percaya bahwa aku bahkan belum melihatmu. Kau tinggal di dalam banyak dan itu tidak baik. Mulai sekarang, kita bisa berteman dan bergaul bersama. (Fabiana)

"Senang bertemu denganmu. Kau, Fabiana dan aku akan menjadi teman baik, kau bisa mengandalkannya.

"Terima kasih. Aku juga sangat senang bertemu denganmu. Aku tidak sering keluar karena orang tuaku yang mengendalikan. Mereka pikir putri Mayor harus sedikit dipesan. Mereka terlalu protektif.

" Nah, itu akan berubah. Anggap dirimu bagian dari geng kita. Kami adalah anak-anak paling gila di blok. (Fabiana)

"Geng kita hebat. Kau akan senang menjadi bagian dari itu. (Patricia)

"Terima kasih telah mengundangku untuk menjadi bagian dari kelompokmu. Kurasa beberapa hubungan dan teman tidak akan menyakitiku.

Percakapan terus dengan cara yang hidup untuk beberapa waktu. Claudio diam-diam mendekat dan menghadapi Christine. Mata mereka mengunci dan sekarang seperti sihir tampaknya hanya dua dari mereka yang ada di seluruh alam semesta. Hati keduanya segera tiba saat pertemuan dan panas dalam perjalanan melalui kedua mayat.

"Ayahku memanggilku ke sini. Maksudmu kau gadis yang akan mengawasiku? Kurasa aku tidak akan merasa begitu tidak nyaman.

Pujian membuat Christine sedikit terkejut. Dia tidak pernah menemukan pria begitu langsung.

"Namaku Christine, Aku putri dari Mayor. Aku rekan barumu di tempat kerja. Bisa kita mulai? Aku tak sabar untuk itu.

"Ya, tentu saja. Namaku Claudio. Kita tepat waktu untuk mulai bekerja. Pendirian komersial pertama yang akan kita kunjungi hari ini adalah toko daging. Sudah tiga bulan pemilik belum membayar pajak dan kita harus menekannya untuk itu. Kurasa kehadiranmu akan membantu.

"Ayo, kalau begitu. Senang bertemu denganmu, Fabiana dan Patricia. Sampai nanti.

Dua gelombang tangan mereka dalam perpisahan. Claudio dan Christine pergi bersama-sama menuju toko daging. Pikiran Christine meningkat secara intim dan dia merasa seperti orang bodoh karena telah mengidolakan Claudio begitu banyak. Dia tidak seperti yang dia bayangkan tapi dia telah mengaduk sesuatu dalam dirinya. Perasaan bahwa dia harus mengenal dia adalah seperti tidak ada yang pernah dialaminya. Apa itu? Dia tidak bisa mendefinisikannya, tapi itu sesuatu yang kuat dan bertahan. Kedua-berjalan berdampingan dan Claudio mencoba untuk memulai percakapan.

"Christine, ceritakan sedikit tentang dirimu. Kau dari Recife, kan?

"Tidak. Aku tinggal di Recife selama 10 tahun. Sebenarnya, aku dari Alagoas. Masa kecilku sangat banyak dihabiskan di sana.

"Apa kau pernah punya pacar?

Aku punya satu tapi itu beberapa waktu yang lalu. Aku akan menjadi seorang biarawati. Aku menghabiskan tiga tahun hidupku di biara yang terdalam mencoba untuk menemukan arti hidupku. Ketika aku sadar aku tidak punya pekerjaan yang kutinggalkan dan aku kembali ke rumah orang tuaku.

Itu akan menjadi sia-sia besar jika Anda seorang biarawati, dengan segala hormat. Tidak ada yang menentang agama, kecuali orang-orang yang diberi kelebihan pada Allah, mereka yang terlalu banyak memakan harta.

Itu semua di masa lalu. Aku harus fokus pada kehidupan baruku dan tugasku.

Pembicaraan tiba-tiba berhenti dan dua terus berjalan. Datang dan pergi orang-orang terus-menerus di daerah pusat kota. Mimoso telah berubah menjadi pusat perdagangan regional setelah implantasi rel kereta api. Orang-orang datang dari seluruh wilayah untuk berkunjung dan berbelanja di toko-toko. Toko daging di dekat sini dan Christine hampir tidak bisa menahan dirinya. Dia tidak tahu bagaimana bertindak. Lagi pula, dia adalah putri dari jurusan dan harus memberi contoh. Pekerjaan dari kolektor pajak akan sering mengekspos dirinya. Akhirnya, mereka tiba dan Claudio alamat Tn. Helio, pemilik toko.

" Tn. Helio, kami datang ke sini untuk mengumpulkan darimu selama tiga bulan pajak yang kau hutang. Kota ini membutuhkan kontribusimu untuk berinvestasi dalam pendidikan, kesehatan dan sanitasi. Lakukan tugasmu sebagai warga negara.

" Bukankah aku sudah bilang aku bangkrut? Bisnis di sini tidak baik. Aku butuh perpanjangan untuk membayarmu.

"Aku tidak akan menerima alasan lagi dan jika kau tidak membayar, kau akan memiliki masalah. Lihat gadis ini bersamaku? Dia adalah putri utama. Dia tidak puas dengan bawaan Anda. Hal terbaik yang bisa dilakukan, Pak, adalah membayar hutangmu.

Helio berpikir untuk sesaat tentang apa yang harus dilakukan. Dalam sekilas, dia melihat Christine dan meyakinkan dirinya bahwa dia adalah putri dari Mayor. Dia membuka laci, mengambil mangkuk uang dan membayar. Bersyukurlah dan menjauhlah dari tempat ini.

Pagi ini dihabiskan bekerja. Dua rumah kunjungan dan bisnis. Beberapa pembayar pajak menolak untuk membayar kurangnya modal. Christine mulai mengagumi Claudio untuk profesionalisme dan kepercayaan dirinya. Pagi hari berlalu dan hari berakhir. Dua orang mengucapkan selamat tinggal dan bahwa mereka akan kembali bekerja sama lagi dalam lima belas hari.

Piknik

Matahari maju di cakrawala dan memanaskan lebih banyak lagi setelah siang. Gerakan menurun, petani datang dari peternakan, para wanita mesin cuci tiba dengan beban mereka bahwa mereka mencuci di sungai Mimoso, para pembantu sipil dibebaskan, para pembantu sipil mendapatkan istirahat di tempat kerja dan semua orang bisa makan siang. Christine tidak berbeda dari yang lain dan juga pulang ke rumah saat ini. Dia tiba, membuka pintu dan kepala ke dapur utama. Orang tuanya sudah hadir dan Gerusa sedang menyajikan makan siang.

"Maafkan kami karena tidak menunggumu untuk melayani makan siang, putriku, tapi aku lelah dan lapar karena aku sedang rapat bisnis. Mengubah topik, bagaimana hari pertamamu bekerja? (Mayor)

"Tidak perlu minta maaf. Hari pertamaku bekerja sangat melelahkan. Claudio dan aku berjuang untuk meyakinkan pembayar pajak untuk membayar. Namun, beberapa telah menjadi tegas dalam posisi mereka. Secara keseluruhan, itu adalah hari kerja yang baik karena saya belajar banyak. Aku hanya tidak yakin aku ingin melakukan ini selama sisa hidupku.

"Beri tahu Claudio bahwa saya ingin detailnya mereka yang tidak membayar. Aku adalah Mayor dan aku tidak akan menahan penundaan lain.

"Apakah Anda bertemu seseorang, putri? Berteman? (Helena)

"Ya, beberapa orang. Saudari Claudio cukup bagus.

Gerusa melayani Christine dan dia mulai makan. Dia tetap diam selama ini karena dia dibesarkan seperti itu. Gerusa pensiun dari dapur dan menuju ke tempatnya di luar rumah. Tiga kepala rumah tangga masih, makan mereka. Christine menyelesaikan makan siangnya, bangun dari meja dan mengucapkan selamat tinggal pada orang tuanya dengan ciuman di pipi mereka. Dia menuju ke balkon rumah di mana itu baik ventilasi dan keren sehingga dia bisa merajut. Dia mengambil benang dan mulai merajut. Gerakan tangan mangsanya membawanya ke dunia misterius mana hanya imajinasi yang bisa mencapai. Dia melihat dirinya mengencani seorang pria dengan bahu berotot yang kuat, dan sikap yang tegas. Dia membayangkan pertunangannya dan pernikahan selanjutnya. Saat itu, penderitaan interior menghukum dan membuatnya menderita. Saat itu berlalu dan dia melihat dirinya sebagai ibu dari tiga anak yang cantik. Dalam imajinasinya, waktu berlalu dengan cepat dan dia melihat dirinya sebagai nenek dan nenek buyut. Kematian datang dan dia melihat dirinya di surga yang dikelilingi malaikat dan Tuhan kita, Yesus Kristus. Tangan yang gesitnya bekerja dan, untuk sesaat, dia mengakui di kain yang adalah dia merajut wajah pria yang akrab. Dia menggelengkan kepalanya dan ilusi berlalu. Apa yang terjadi padanya? Apa dia gila, atau bahkan mungkin jatuh cinta? Dia tidak ingin percaya dalam kemungkinan ini. Dia terus bekerja sampai mendengar namanya diucapkan dengan intensitas yang luar biasa. Dia kembali ke pintu masuk ke taman rumahnya dari tempat dia mendengar suara itu. Dia mengenali Fabiana, Patricia dan Claudio yang disertai oleh beberapa pemuda lain.

" Boleh kami masuk, Christine?

" Ya, boleh saja. Anggap saja rumah sendiri.

Ada enam orang muda yang memasuki taman rumah. Mereka naik tangga rincikan yang memberi akses ke balkon dan bertemu dengan

Christine. Fabiana merawat untuk membuat perkenalan dari teman-teman yang tidak diketahui.

"Ini sepupuku Rafael dan ini teman-temanku Talita dan Marcela.

Christine menyambut mereka dengan ciuman di pipi.

"Senang bertemu denganmu. Jika kau teman Fabiana, maka kau juga teman-temanku.

"Aku yang senang. Claudio sangat menyukaimu. (Rafael)

"Christine, kami datang ke sini untuk mengundangmu pada jalan-jalan yang bagus ke puncak gunung Ororubá. Kita akan memiliki ruang piknik. Kontak dengan alam sangat penting bagi manusia untuk berkembang dan membebaskan diri dari karma mereka. (Claudio)

"Apakah Anda ingin pergi, Christine? Kau berada di dalam banyak hal dan itu tidak baik. (Fabiana)

"Kami bersikeras. (Mereka semua mengulangi)

"Oke. Aku akan pergi. Kau telah meyakinkanku. Tunggu sebentar aku akan memberitahu orang tuaku.

Christine memasuki rumah sebentar tapi segera kembali. Dia bertemu kembali dengan kelompok dan bersama-sama mereka setuju untuk melakukan perjalanan ke gunung misterius Ororubá, gunung suci. Tujuh mulai berjalan. Christine menyaksikan Claudio dan menyimpulkan bahwa dia adalah orang pedesaan yang khas: kuat, percaya diri dan penuh pesona. Hari pertama mereka bekerja sama membuat kesan yang baik tapi dia masih tidak tahu bagaimana perasaannya tentang dia. Dia tahu itu perasaan yang kuat dan tak terlupakan. Piknik itu adalah kesempatan untuk mengenalnya lebih baik, dia pikir. Tujuh kecepatan naik dan segera berada di kaki gunung. Claudio, pemimpin kelompok, berhenti dan meminta untuk semua orang melakukan hal yang sama.

" Penting untuk kita hidrasi sekarang jadi kita tidak memiliki masalah nanti. Jalan itu panjang dan melelahkan. (Claudio)

"Kudengar gunung ini suci dan memiliki sifat ajaib. (Talita)

" Itu benar. Legenda mengatakan bahwa seorang dukun misterius memberikan hidupnya sendiri untuk menyelamatkan orang-orang. Sejak saat itu, gunung Ororubá menjadi suci. Mereka juga mengatakan bahwa seorang leluhur roh bernama Penjaga Gunung penjaga semua rahasianya. (Fabiana)

" Bukan itu saja. Di puncaknya adalah gua yang besar mengatakan untuk dapat memenuhi setiap keinginan. Pemimpin dari seluruh dunia mencarinya untuk mendapatkan keajaibannya. Namun, sejauh yang kita tahu, tidak ada yang selamat. (Patricia)

" Cerita ini membuatku gugup. Bukankah lebih baik jika kita kembali? (Christine)

"Jangan khawatir, Christine. - Itu hanya cerita. Bahkan jika itu benar, aku akan berada di sini untuk melindungimu. (Claudio)

"Claudio bukan satu-satunya. Aku juga seorang pria dan aku bersedia membantumu jika kau membutuhkannya. (Rafael)

"Bagaimana denganku? Tak ada yang melindungiku? Aku juga seorang gadis dalam kesulitan. Aku terluka. (Marcela)

Rafael mendekati Marcela dan memberinya pelukan sebagai tanda bahwa dia tidak perlu takut. Semua minum air dan mulai berjalan. Christine maju sedikit lebih jauh dan menempatkan dirinya di sebelah Claudio, di depan. Dia merasa tidak aman setelah mendengar informasi tentang gunung. Dia memikirkan gunung, penjaga dan gua. Intim dia melihat dirinya memasuki gua dan menyadari keinginan terbesarnya saat itu. Dia juga seorang pemimpi seperti begitu banyak yang telah kehilangan nyawa mereka di gua untuk mencari mimpi mereka. Ya, itu perlu untuk menjaga kakinya di tanah, dalam kenyataan yang keras dia adalah putri dari mayor dan ini membatasi kebebasannya cukup sedikit dalam hubungan dengan teman, cinta dan keinginan. Sesama, dia merasa bebas di biara dari sekarang. Claudio memberikan tangan untuk Christine untuk membantunya dalam perjalanan karena dia bisa melihat dia berjuang. Balapan pikiran Christine dan dia pikir akan baik untuk memiliki teman yang akan mendukung dan setia dan jujur padanya, seorang teman seperti Claudio. Dia menggelengkan kepalanya dan mencoba untuk menyimpang dari pikiran. Itu tidak mungkin karena ayahnya tidak akan membiarkan serikat semacam ini. Dia adalah seorang kolektor pajak sederhana dan dia adalah putri dari seorang mayor. Mereka hidup di dunia yang sama sekali berbeda. Kelompok itu berhenti sekali lagi untuk menyegarkan diri lagi. Panas sangat kuat dan ada sedikit angin. Mereka sudah setengah jalan.

"Dari sini, mungkin untuk melihat bagian yang baik dari Mimoso. Kau lihat, Christine? Itu rumahmu. (Claudio)

"Pemandangan dari sini benar-benar istimewa. Kurasa bagian atas lebih menakjubkan. Sierra Mimoso bahkan tidak terlihat besar dari pemandangan ini. (Christine)

"Kurasa sebaiknya kita terus berjalan. Tidak masuk akal untuk tinggal di sini untuk waktu yang lama. (Fabiana)

"Aku juga setuju. Dengan cara ini kita bisa mengambil lebih lama di puncak yang merupakan bagian paling penting dari gunung. (Rafael)

Kebanyakan setuju melanjutkan perjalanan. Setelah semua itu sudah lewat jam 1:00 sore Christine sudah merasa sedikit lelah. Mendaki gunung sangat melelahkan bagi siapa pun yang tidak terbiasa melakukannya. Dia ingat tantangan yang terus-menerus bahwa dia diserahkan ke biara tapi tidak ada yang mirip dengan naik gunung yang semua orang katakan adalah suci. Dia mengumpulkan kekuatan di kedalaman jiwanya dan mencoba sangat keras sehingga tidak ada yang menyadari kesulitan. Claudio tersenyum padanya dan yang mengisinya dengan kekuatan karena dia akan melampaui halangan apa pun. Cinta, kekuatan aneh ini, telah menghubungkan dua bahkan tanpa kontak fisik. Baginya, jika dia punya kesempatan, dia akan menghadapi wali dan memasuki gua untuk menyadari mimpinya bergabung dengannya sepanjang waktu mereka harus bersama dalam hidup. Bahkan jika itu mengorbankan hidupnya. Selain daripada itu, apa arti hidup jika kita tidak bersama orang yang kita cintai? Kehidupan yang kosong sama dengan tidak ada kehidupan sama sekali. Kelompok kemajuan lebih lanjut dan mendekati atas. Claudio mencoba menyamar tapi dia sepenuhnya tertarik oleh keindahan dan kasih karunia Christine. Sejak saat mereka bertemu sesuatu yang berubah dalam dirinya. Dia tidak bisa makan benar atau bahkan melakukan apa-apa tanpa memikirkan dirinya. Dia berpikir tentang bagaimana konduktor dari kepindahan keluarganya dari Pesqueira ke desa berkembang Mimoso. Dia berpikir tentang bagaimana takdir murah hati untuk menyatukan kembali dua praktis dalam pekerjaan yang sama. Piknik akan menjadi kesempatan besar untuk mungkin merayu gadis itu. Dia berharap bisa diterima meskipun perbedaan antara mereka. Kesulitan, terutama orang tua prasangka-Nya, adalah hambatan yang bisa diatasi. Akhirnya kelompok mencapai puncak dan semua perayaan. Sekarang yang tersisa adalah menemukan tempat yang baik untuk piknik. Para anggota kelompok ini membagi menjadi tiga kelompok kecil untuk menemukan tempat yang paling tepat. Beberapa menit berlalu dan salah satu kelompok memberikan sinyal, bersiul. Tempat itu terpilih. Seluruh kelompok berkumpul lagi dan piknik sudah diatur. Setiap anggota kelompok yang berkontribusi dengan sesuatu untuk perjamuan.

"Apakah Anda merasakannya, Christine? Nyanyian burung, bisikan cahaya angin, suasana pedesaan, berdengung serangga, semua ini mengarah kita ke tempat dan pesawat tidak pernah dikunjungi. Setiap kali aku datang ke sini aku merasa seperti bagian penting dari alam dan tidak seperti aku memilikinya, seperti yang lain. (Claudio)

" Ini sangat cantik. Di sini, di alam, aku merasa seperti manusia biasa dan bukan putri dari seorang jurusan dan kau tidak bisa membayangkan bagaimana rasanya ini. (Christine)

"Nikmati itu, Christine. Tidak setiap hari kau bisa melakukan itu. Prasangka, takut, malu, semua ini mengganggu hari-ke-hari kita. Di sini kita bisa melupakan itu, setidaknya untuk sesaat. (Fabiana)

"Di sini hijau liar ini kita bisa merasakan, melihat dan sepenuhnya memahami alam semesta. Keajaiban ini terjadi karena gunung itu suci dan memiliki sifat ajaib. (Talita)

"Aku juga ingin menyampaikan pendapatku. Kita adalah tujuh orang muda yang mencari apa? Aku akan menjawab diriku sendiri. Kami mencari petualangan, pengalaman baru, persahabatan dan bahkan cinta. Namun, ini mungkin hanya mungkin jika kita damai dengan diri kita sendiri, dengan orang lain dan dengan alam semesta. Ini adalah perdamaian yang sangat lama kami temukan di sini. (Rafael)

"Di sini semuanya adalah pengalaman belajar. Ritme alam, perusahaan dari kalian semua dan udara segar ini adalah pelajaran yang harus kita bawa bersama kami untuk anak-anak dan cucu kita. (Marcela)

"Ini adalah komuni yang besar bagi saya. Sebuah komuni roh yang membawa kita untuk melampaui banyak tahap hidup kita. (Patricia)

Setelah semua, memberikan pendapat mereka tentang apa yang mereka rasakan pada saat ajaib mereka mulai melayani diri mereka sendiri. Lingkungan yang nyaman membuat mereka tetap diam sepanjang makan. Setelah semua selesai makan siang, Claudio mengumumkan:

"Sebenarnya, Christine, kami tidak datang hanya untuk piknik sederhana. Kita akan mendirikan perkemahan dan menghabiskan malam di sini.

Christine, untuk sesaat, berubah warna dan semua orang tertawa. Dia satu-satunya di kelompok yang tidak tahu.

"Dan bagaimana dengan bahaya gunung? Ayahku akan membunuhku jika aku menginap di sini. Aku pikir aku akan pergi.

"Aku menyarankan agar kau tidak pergi. Guardian pasti mengintai, menunggu kesempatan terbaik untuk menyerang. (Fabiana)

"Jangan khawatir, Christine. Bukankah aku bilang aku akan melindungimu? Adapun ayahmu, jangan khawatir, dia tahu bahwa kita akan menghabiskan malam di sini. (Claudio)

Christine tenang. Akan lebih baik jika dia tinggal bersama kelompok karena dia tidak tahu gunung dan misterinya. Akan sangat menakutkan di luar sana sendirian. Siapa yang tahu apa yang bisa terjadi? Lebih baik tidak mengambil risiko. Kemajuan sore dan semua berkolaborasi dalam pelemparan dua tenda. Mereka siap dalam waktu singkat. Claudio dan Rafael pergi mencari kayu untuk menyalakan api, dengan tujuan mengejar hewan liar yang mendiami wilayah tersebut. Wanita itu sendirian di kamp, membersihkan tanah di sekitar tenda.

"Senang bisa datang ke sini, Christine. Di malam hari, seluruh tempat ini bahkan lebih indah. Setelah makan malam, kau akan lihat: itu benar-benar ledakan. Katakan, apakah ini tidak lebih baik daripada tinggal di rumah? (Fabiana)

"Aku juga menikmatinya tapi kau harus memberitahuku kalau kau akan berkemah di sini. Aku cukup terkejut. (Christine)

"Apa kau melihat bagaimana Claudio memandangnya dan sebaliknya? Kurasa mereka berdua jatuh cinta. (Talita)

Matamu sedang bermain trik padamu, Talita. Tidak ada apa-apa antara Claudio dan aku.

"Aku, untuk satu bagian, akan sangat senang menjadi kakak iparmu. (Patricia)

"Aku setuju denganmu. (Fabiana)

"Terima kasih, kalian. Tapi sayangnya, itu tidak mungkin. (Christine)

Christine, sejenak, kelihatan serius dan mereka berhenti dengan sindiran. Claudio dan Rafael kembali dengan semua kayu yang diperlukan untuk menjaga api unggun menyala sepanjang malam. Claudio melihat Christine dan dia tampaknya berkaitan. Kemajuan sore dan akan gelap. Lampu api unggun di sekitarnya saat malam turun. Semua berkumpul di sekitar itu dan makan malam disajikan oleh Fabiana dan Patricia. Semua orang sedang makan dan berbicara sedikit. Claudio menjauh dari kelompok dan ketika ia mendapat jarak tertentu dia membuat gerakan bagi Christine untuk menemaninya. Dia menangkap sinyal dan juga bergerak menjauh dari kelompok.

" Apa yang akan kita lakukan, Christine? Kau dan aku, bersama-sama, merenungkan bintang-bintang ini. Mereka tampaknya menjadi saksi dari apa yang kita berdua rasakan. Aku pikir bukan hanya mereka, tapi seluruh alam semesta merasakannya.

" Kau tahu itu tidak mungkin. Orang tuaku tidak akan mengijonkannya. Mereka sangat bias.

" Mustahil? Kau bilang begitu padaku, di gunung suci ini? Di sini tidak ada yang mustahil.

"Tapi, tapi........

"Jangan katakan apa pun lagi. Biarkan hatimu berteriak keras, seperti milikku.

Claudio melangkah maju sedikit dan memeluk Christine. Dengan lembut, dia melengkung tangannya sedikit di wajahnya dan sabar menyentuh bibir Christine dengan dirinya sendiri. Ciuman itu membuat Christine dan untuk sesaat, dia merasa seperti sedang berjalan di udara. Banyak pemikiran menembus pikirannya dan mengganggu ciumannya. Ketika itu berakhir, dia menarik pergi dan berkata:

"Aku belum siap. Maafkan aku, Claudio.

Christine kabur dan kembali ke kelompok. Claudio pergi bersamanya. Api apa pun unggun dan semua berkumpul di sekitarnya karena dingin itu sangat kuat. Rafael berdiri di samping api, siap menceritakan cerita horor tentang gunung.

Dulu ada seorang pemimpi dari sebuah kota kecil yang disebut Triumph, di negeri Pajeú. Namanya Eulalio. Mimpinya adalah menjadi penjahat dan merakit gengnya sendiri untuk melakukan kejahatan, mengumpulkan kekayaan, memiliki kekuatan sosial, dan dengan ini juga menarik dan merayu banyak wanita. Namun, dia tidak memiliki keberanian dan tekad yang diperlukan untuk melakukan ini. Dia hampir tidak bisa memegang pedang. Di negaranya, dia mendengar gunung suci Ororubá dan gua ajaib, mampu memenuhi setiap keinginan. Setelah mendengar ini, dia tidak berpikir dua kali dan berkemas untuk melakukan perjalanan yang didambakan. Dia tiba di gunung, bertemu wali, menyelesaikan tantangan dan akhirnya memasuki gua. Tetapi hatinya tidak sepenuhnya suci dan tidak disukai. Gua itu tidak memaafkannya dan menghancurkan hidupnya dan mimpinya. Mulai saat itu, jiwanya mulai mengembara dalam rasa sakit di gunung. Mereka bilang dia pernah terlihat oleh pemburu tepat pada tengah malam. Dia berpakaian seperti penjahat dan membawa pistol besar yang menembakkan peluru hantu.

"Maksudmu dia menjadi berani setelah dia meninggal? Kemudian gua itu, sebagian, melaksanakan mimpinya. (Talita)

"Tidak cukup, Talita. Gua itu menghancurkan kehidupan pemimpi dan sebaliknya meninggalkan jiwanya dengan benda-benda yang diinginkannya. Selain itu, dia adalah jiwa yang tersesat yang terdampar dalam penderitaan. (Fabiana)

"Ini hanyalah sebuah cerita. Ada banyak pemimpi yang mencoba keberuntungan mereka di gua dan sejauh ini, tak satu pun dari mereka berhasil bertahan hidup. Untuk alasan ini, itu disebut gua keputusasaan. (Rafael)

"Aku tidak akan masuk ke gua untuk apa pun. Mimpiku aku akan membuat terjadi dengan perencanaan, ketekunan, dedikasi dan keyakinan. (Marcela)

"Aku akan pergi untuk cinta. Lagi pula, Anda tidak bisa hidup tanpa mengambil risiko. (Christine)

"Selalu romantis. Christine jatuh cinta, orang-orang. (Patricia)

Semua orang tertawa kecuali Claudio. Dia masih marah dan terluka karena dengan cara dia telah ditolak oleh Christine. Dia telah membuka hati dan perasaannya, namun, itu tidak cukup untuk meyakinkan dia akan cintanya. Dia telah berbicara prasangka dari orang tuanya tapi dia telah menjadi yang prasangka. Penderitaan yang dia rasakan di bagian bawah dadanya membuatnya melakukan perjalanan kembali pada waktu untuk mengingat sebuah episode yang telah terjadi dua tahun yang lalu ketika dia tinggal di Pesqueira dan berkencan dengan pirang yang indah, putri penggaris. Mereka mengencani tersembunyi selama tiga bulan karena dia takut akan reaksi dari orang tuanya. Suatu hari, ayahnya tahu dan tidak senang. Dia menyewa dua orang untuk mencambuk dan menamparnya. Itu adalah pukulan yang tidak akan pernah dia lupakan. Itulah yang dia rasakan sekarang: ditampar dan bukan oleh orang tuanya, tapi oleh dirinya dan prasangka sendiri. Namun, dia tidak akan menyerah begitu mudah dari kehidupan dan kebahagiaannya sendiri. Dia akan menunjukkan nilainya pada Christine dan dia akan mengerti betapa bodohnya kehilangan waktu yang berharga.

Malam jatuh dan semua bersiap tidur di tenda mereka. Api terus menyala untuk melindungi mereka dari hewan-hewan jahat gunung. Namun, lolong dapat mendengar dari jarak tertentu. Christine memicu dari satu sisi ke sisi lain mencoba untuk mengendalikan rasa takutnya. Itu pertama kalinya dia tidur di tempat suci. Tanah yang keras mengganggunya bahkan lebih dari yang dia pikir itu akan. Lolongan terus dan pada saat itu suara langkah kaki juga didengar. Christine menahan nafasnya dalam keputusasaan. Mungkinkah hantu penjahat? Atau mungkin binatang liar siap untuk melahapnya? Suara langkah kaki datang ke arahnya. Angin yang kuat menabrak tenda dan tangan misterius muncul di pintu tutup. Dia siap untuk berteriak tapi orang yang muncul mengatakan:

"Tenang, ini aku.

Christine tenang dan pemulihan dari ketakutan. Dia mengenali suara itu. Itu Claudio. Tapi apa yang dia lakukan di tenda selama satu jam? Pandangannya, dibayangi oleh kegelapan malam, mencerminkan keraguan ini. Claudio merangkul dan bertanya:

Aku datang untuk bertanya apa kau sudah membuat keinginanmu.

" Ingin? Keinginan apa?

"Gunung itu suci dan di tengah malam, akan memberikan hati cinta. Aku sudah melakukan tugasku dan kau tahu apa? Aku meminta gunung untuk menyatukan kita dalam cinta selamanya.

"(Maka apakah kalian percaya) bahwasanya hal ini adalah benar. Aku tidak berpikir gunung apa pun akan mengubah rencana ayahku.

"Aku sudah bilang, gunung ini suci. Percayalah. Itu bisa membuat impian kita menjadi kenyataan.

Yang mengatakan, Claudio bergabung dengan Christine dan kedua mata tertutup. Saat itu, kedua hati itu jatuh ke dalam pesawat setara di mana mereka berdua bahagia dan bebas. Christine melihat dirinya menikah dengannya dan sebagai ibu dari setidaknya tujuh anak. Saat itu cukup bagi mereka untuk merasa sebagai satu, terhubung dengan alam semesta. Arusnya rusak, Claudio mengatakan selamat tinggal dan Christine mencoba untuk tertidur di lantai kering.

Keturunan dari Gunung

Sebagai fajar hari baru, Claudio bangkit dan mulai membangunkan yang lain. Christine adalah yang terakhir untuk bangkit. Claudio dan Rafael masuk ke hutan untuk menangkap ikan di kolam dekat sini. Itu akan menjadi sarapan mereka. Sementara itu, para wanita mencoba untuk menyalakan api dengan sisa kayu sisa. Fabiana menghancurkan keheningan.

"Tidur yang nyenyak, Christine?

"Tidak terlalu baik. Ini keras, tanah kering menyakiti punggungku. Masih sakit. (Christine)

"Itu kehidupan pramuka untukmu. Bersiaplah karena kita masih memiliki banyak petualangan. (Talita)

"Apa kau suka jalan-jalan, umumnya? (Patricia)

""Ya, aku menyukainya. Gunung menghirup udara ketenangan dan perdamaian. Aku suka kontak dengan alam dan perusahaanmu. (Christine)

"(Dan Kami bersenang-senang dengannya) dengan nikmat ini (walaupun ini bukanlah waktu yang pertama) yakni pertama kali. Sekarang kau bagian dari tim kami. (Patricia)

" Apa kau menyelesaikan sesuatu dengan Claudio tadi malam? (Talita)

"Kami memutuskan untuk tidak memulai hubungan karena kami hidup di dunia yang sama sekali berbeda. (Christine)

" Pada waktunya, kau akan menyelesaikannya. Cinta lebih kuat dari perbedaan dan seperti yang kubilang aku akan senang menjadi kakak iparmu. (Fabiana)

"Aku juga. (Patricia)

"Aku iri padamu. Claudio sangat lucu. Sayang sekali dia tidak tertarik padaku. (Talita)

Percakapan terus hidup antara wanita tapi Christine lebih suka tidak menjadi bagian dari itu. Berbicara tentang cintanya, Claudio, menyakiti jiwanya karena rasanya seperti itu akan menjadi cinta yang mustahil. Dia mengenal orang tuanya dengan baik dan tahu mereka akan benar-benar menentang hubungan ini. Ibunya masih berusaha berharap dia akan kembali ke biara dan ayahnya ingin melihatnya menikah dengan seorang suami dari tingkat sosial mereka. Keduanya mengesampingkan Claudio dari hidupnya tapi pada saat yang sama hatinya merindukannya, dia hanya ingin dia. Ini adalah dua "kekuatan lawan" yang harus dia rekonsiliasi, atau bahkan memilih antara. "Pasukan lawan" ini menyerang hatinya dan masih ragu-ragu. Sekitar 30 menit setelah mereka pergi, Claudio dan Rafael kembali dengan jumlah yang layak ikan. Apinya sudah menyala dan ikan ditempatkan di panggangan. Ikan-ikan itu benar-benar dipanggang dan didistribusikan di antara anggota kelompok. Claudio mengatakan:

Kami memancing dan tiba-tiba seorang wanita tua muncul meminta beberapa ikan untuk makan. Aku memberikannya padanya dan terima kasih dia memberkatiku dan mengatakan aku akan sangat bahagia. Aku tidak kenal wanita itu. Aku belum pernah melihatnya di sekitar bagian ini. Dia memiliki tatapan ini di matanya yang membuatku tertarik seolah-olah dia tahu masa depan.

"Mungkin dia walinya? Bukankah legenda mengatakan bahwa dia tinggal di sini di gunung? (Fabiana)

"Mungkin. Itulah yang kupikirkan saat aku melihatnya. (Rafael)

"Maka kau sangat beruntung, saudaraku. Ada beberapa orang yang bisa mencapai kebahagiaan. (Patricia)

"Dia sangat aneh. Aku merasa dingin ketika aku memberikan ikan kepadanya. (Claudio)

"Aku praktis. Aku bahkan percaya gunung ini akan disucikan oleh pengalaman yang aku tinggali di sini. Tapi kemudian untuk percaya pada penjaga dan gua yang melakukan keajaiban adalah banyak tanah untuk dilindungi. Segera, kau akan mencoba meyakinkanku bahwa ada hantu dan Iblis. (Talita)

"Jika aku jadi kau, aku tidak akan meragukannya. Claudio adalah orang yang serius dan bukan pembohong. (Marcela)

"Aku juga percaya padanya. Di biara mereka mengajariku untuk menilai orang dari mata mereka dan Claudio benar-benar tulus ketika berbicara tentang wali. Dia benar-benar istimewa untuk bertemu dengannya. (Christine)

Diam memerintah pada saat-saat berikut di sekitar kamp dan anggota kelompok selesai makan ikan mereka. Claudio dan Rafael merusak tenda dan wanita mengumpulkan semua benda yang mereka bawa. Kelompok bertemu dalam berdoa untuk saat-saat yang tinggal di pegunungan dan mulai berjalan kembali ke desa di mana mereka tinggal. Claudio dengan lembut menawarkan tangannya kepada Christine dan dia menerimanya. Turun dari gunung itu berbahaya bagi pemula. Kontak fisik dengan Claudio membuat jantung Christine melompat lebih. Orang ini membuatnya begitu gila bahwa dia hampir lupa konvensi sosial ketika dia dengan dia di atas gunung. Mereka adalah saat-saat yang memiliki kekuatan untuk membawanya ke pesawat paralel di mana tidak ada yang bisa menghubunginya. Dia merasa sangat bahagia di saat-saat ini. Namun, dalam perjalanan turun gunung, dia harus meninggalkan impiannya fantasi dan menghadapi kenyataan yang keras. Kenyataan di mana dia adalah putri dari seorang korup, otoritas dan jurusan bersikeras. Selain itu, dia hidup untuk saat-saat ketika Claudio memegangnya dan menciumnya. Christine meremas tangan Claudio dengan kekuatan untuk memastikan dia benar-benar hadir di sana, di sisinya. Dia sudah kehilangan kakek-neneknya dan tidak akan bisa kehilangan lagi. Kelompok ini turun dari atas dan sudah pergi setengah dari jarak ke jalan gunung yang curam. Claudio, pemimpin kelompok, berhenti dan meminta untuk semua orang melakukan hal yang sama. Semua minum air dan terus berjalan. Christine berpikir tentang ibunya dan memarahinya bahwa dia akan menerima karena dia telah menghabiskan sepanjang hari dari rumah. Dia memperlakukannya seperti anak kecil, tidak mampu memilih jalannya sendiri. Dengan pengaruhnya, dia telah memasuki biara dan menghabiskan tiga tahun hidupnya sebagai pertapa. Dia hanya diizinkan keluar pada berjalan-jalan dan hanya dengan izin dari Suster Superior. Pada saat itu, dia akan belajar bahasa Latin dan fondasi agama Kristen. Kebudayaan dan pengetahuan adalah satu-satunya hal positif yang keluar dari dia tinggal di sana. Kebanyakan, itu adalah bagian yang sia-sia dari hidupnya karena dia tidak memiliki keinginan untuk menjadi biarawati. Dia lelah menjadi gadis yang baik dan patuh karena ini hanya membawa kerugian. "Pasukan lawan" yang dia bawa dalam harus diselesaikan. Kelompok mempercepat kecepatan dan dalam waktu singkat mereka bepergian sepanjang jalan pulang. Mereka mengucapkan selamat tinggal satu sama lain dan semua kembali ke rumah mereka.

Pelanggaran Mayor

Pesanan Christine berjalan lancar. Tak satu pun orang tuanya mengeluh bahwa dia menghabiskan malam di gunung suci. Lagi pula, dia tidak sendirian. Setelah berbicara dengan orang tuanya, dia mandi, menunda ke kamarnya, dan tertidur saat dia merasa lelah. Mayor dan istrinya ada di ruang tamu, berbicara. Sebuah suara tepuk bisa didengar dan Gerusa segera menuju pintu untuk membukanya. Lenice, seorang petani, menunggu untuk diawasi.

"Ada yang bisa kubantu?

"Aku ingin bicara dengan Mayor. Ini sangat penting.

"Masuklah. Dia ada di ruang tamu.

Lenice masuk dan pergi ke ruang tamu.

"Tn. Mayor, aku ingin bicara denganmu, Pak. Ini tentang anakku yang baru lahir, Jose.

"Bagaimana dengan dia? Sang ayah tidak ingin bertanggung jawab? Kau butuh bantuan untuk membesarkannya?

" Tidak, tidak ada. Aku berharap kau, Pak, akan menjadi ayah dari baptisnya.

" Apa? ayah baptis? Keluarga penting apa yang kau miliki?

Aku Silva dan kami bekerja di pertanian.

" Itu tidak mungkin. Aku tidak akan menjadi teman dari anggota sederhana dari keluarga Silva bahkan jika aku adalah orang terakhir di Bumi. Kau harus memeriksa dirimu sebelum kau datang ke sini dengan permintaan seperti itu.

" Tn. Mayor kau tak punya hati.

Wanita malang itu, menangis, menghapus dirinya dari ruangan dan pergi. Dia bermimpi menjadi teman dari Mayor seperti yang dilakukan oleh desa. Anaknya akan memiliki banyak kesempatan untuk tumbuh jika dia adalah anak angkat utama. Dia akan memiliki akses ke pendidikan, perawatan kesehatan dan pekerjaan bermartabat karena segala sesuatu di desa tergantung pada pengaruh jurusan. Semua, tanpa pengecualian, ingin semacam hubungan dengan dia untuk memiliki hak istimewa. Mereka yang tidak bisa dikabarkan ke dunia penderitaan dan penderitaan.

Setelah mengemudi keluar petani, Mayor bersiap untuk pergi ke kantor polisi. Istrinya, Helena, meluruskan pakaiannya.

"Apakah Anda melihat bahwa, wanita? Apa ketidakadilan! Aku tidak bisa menjadi teman dari Silva sederhana.

"Orang-orang di sini sangat ingin menjadi teman-temanmu. Penggali emas!

"Jika mereka setidaknya pedagang, aku akan mengambilnya. Pernahkah kau melihat sesuatu seperti itu? Seorang Mayor, teman-teman dengan petani.

"Aku senang kau menempatkan dia di tempatnya. Aku tidak berpikir bahwa setiap petani akan berani datang ke sini.

Mayor mengucapkan selamat tinggal kepada istrinya dengan ciuman. Dia mulai berjalan, membuka pintu dan pergi. Dia berkonsentrasi pada apa yang akan dia lakukan. Sejak dia disumpah secara resmi oleh penggaris sebagai otoritas politik utama di wilayah ini, dia belum mengambil keputusan aktif. Angka "bagus" Majore sudah mengganggu dia. Dia harus melangkah untuk dihormati oleh pihak berwenang lain. Mayor dan kolonel memiliki peran kunci dalam konsolidasi struktur yang tidak adil disebut 'grup Kolonel,' yang memerintah pada saat itu. Dari struktur yang tidak adil ini mereka bersenang-senang dalam kekuasaan dan halaman. Mayor terus berjalan dan segera dia sudah mendekati stasiun. Dia benar-benar yakin akan apa yang akan dia lakukan. Dia belajar, dalam masa kecilnya yang tragis di Maceió, bagaimana membuat keputusan dalam tata waktu yang tepat dan dia menyadari bahwa sekarang adalah waktu terbaik. Dia mengambil langkah untuk menghindari penyesalan dan rasa bersalah. Dia tiba di kantor polisi, membuka pintu depan dan mengumumkan:

"Delegasi Pompeu, kita punya hal penting untuk dibahas.

Mayor mengirimkan daftar ke delegasi di kamarnya.

"Apa ini?

"Ini adalah daftar lengkap semua pembayar pajak berandalah. Aku tidak akan mendukung lagi penundaan dan aku menuntut bahwa Anda, Pak, sebagai delegasi, akan menangani ini.

"Apa kau memberi mereka tambahan?

"Ya, aku melakukan segalanya dengan kekuatanku. Pemasok pajak, Claudio, bilang padaku mereka memberikan alasan yang payah untuk tidak membayar.

" Aku tidak melihat apa yang bisa kulakukan. Hukum tidak mengizinkanku untuk mengambil tindakan apa pun.

"Aku harus mengingatkanmu, Tn. Pompeu, bahwa pos delegasimu akan berisiko jika kau tidak mengambil tindakan lebih lanjut. Hukum yang kutahu, yang terkuat dan besar aku katakan padamu untuk segera memenjarakan semua bajingan ini dan jangan lepaskan mereka sampai mereka membayar hutang mereka.

Delegasi Pompeu mengguncang kepalanya dan memanggil dua petugas untuk mulai menangkap korban. Mayor puas karena tuntutannya sudah terpenuhi. Ini akan menjadi tindakan yang paling tidak senonoh yang dia ambil sebagai figur politik terbesar di wilayah ini.

Merindukan

Itu adalah Minggu pagi yang indah. Lonceng kapel berbunyi mengumumkan massa Minggu. Di rompi, Pastor Chiavaretto sedang mempersiapkan perayaan lain. Chiavaretto adalah pendeta resmi Mimoso. Aslinya dari Venice, Italia, anak dari keluarga kelas menengah, ia telah ditahbiskan pada tahun 1890. Aktivitas pendetanya dimulai di tanah pribumi di tahun yang sama dengan ordinasinya dan berlangsung sampai tahun 1908. Tahun ini, dengan tekad Uskup Venesia secara resmi ditransfer ke Brasil. Misinya adalah untuk menyebarkan Injil dan untuk mengonsumsi mereka yang masih bertahan dalam paganisme. Dalam dua tahun kerja keras dia telah mencapai kemajuan di desa kecil. Namun, salah satu tujuan yang harus dicapai adalah untuk mendapatkan jumlah yang lebih besar di massa. Pada awalnya, ketika ia tiba di desa, kehadiran populasi di massa lebih besar. Seiring waktu, orang kehilangan antusiasme hanya karena massa dilakukan oleh Chiavaretto sepenuhnya dalam bahasa Latin. Itu adalah tekad resmi dari Gereja pada saat itu.

Sebelum memulai perayaan, pendeta mengambil momen refleksi singkat. Waktu di Venice datang ke pikirannya dan dia ingat nasib setiap saudara-saudaranya. Salah satu dari mereka memutuskan menjadi seorang prajurit di tentara dan meninggalkan untuk membuat sebuah kedamaian terintegrasi di negara lain. Dia selalu memiliki kecenderungan untuk melindungi anak-anak lain. Satu adik tersisa untuk menjadi seorang biarawati dan menikah lagi dan memiliki empat anak. Dua mengikuti jalan berlawanan dalam hidup mereka tetapi tidak lupa yang lain atau berhenti menjadi teman. Keduanya tinggal di Venice, Italia. Dia menjadi seorang pendeta tapi bukan karena pilihan tapi dengan tanda takdir. Dia dipanggil oleh Yesus. Kejadian yang membuatnya memutuskan untuk menjadi seorang pendeta adalah sebagai berikut: ketika dia masih kecil, dia bermain diam-diam dengan salah satu temannya di jembatan yang duduk tepat di atas sungai. Permainan yang mereka mainkan adalah menandai. apa pun tentang permainan, dia memanjat melalui pagar jembatan untuk menjauh dari lawannya. Kakinya gemetar, dia pusing dan mengambil langkah palsu dia jatuh tepat ke sungai. Arus kuat seperti sungai sepenuhnya banjir. Chiavaretto mencoba untuk berenang tapi dia tidak memiliki pengalaman di dalam air. Secara bertahap dia tenggelam dan temannya hanya menonton karena dia tidak tahu bagaimana untuk berenang baik. Saat itu tidak ada orang dewasa di sekitar. Sedikit demi sedikit, Chiavaretto kehilangan kekuatan dan juga sadar. Ketika dia merasa dekat kematiannya, dia memanggil nama suci Yesus. Cepat, dia merasa tangan yang kuat memegang dia dan suara mengatakan:

"Pedro, jangan takut!

Itu namanya, Pedro Chiavaretto. tangan serakah mengangkatnya dan keluar dari air. Ketika dia diselamatkan, di bank sungai, pria misterius menghilang. Mulai hari itu, Pedro Chiavaretto mengabdikan dirinya sendiri untuk agama dan menjadi seorang imam. Pengalaman ini adalah rahasianya, dia tidak memberitahu siapa pun.

Saat yang singkat refleksi lewat dan pendeta menuju altar. Dia melihat jemaat dan memverifikasi bahwa itu adalah baris yang sama persis orang-orang seperti biasa: orang kaya dan berkuasa, duduk di bangku terbaik dan kurang beruntung di yang lain. Divisi semacam ini membuatnya tertekan karena itu adalah kebalikan dari apa yang dia pelajari di seminari. Orang-orang itu sama dengan Tuhan dan mereka memiliki kepentingan yang sama. Apa yang membedakan manusia dan membuat mereka istimewa adalah bakat mereka, karisma dan kualitas lain. Meski begitu, dia tidak bisa melakukan apa-apa. Dengan pernyataan Republik dan Konstitusi tahun 1891 ada perpisahan resmi gereja dan negara. Brazil menjadi, sejak saat itu, negara yang konstituen tanpa agama resmi. Gereja kehilangan banyak kekuatan dan hak istimewa juga. Dengan itu, Grup Kolonel (berkuasa di timur laut) menjadi Supreme dalam keputusan mereka, keputusan bahwa gereja tidak bisa melawan.

Pendeta memulai perayaan dan satu-satunya yang benar-benar memperhatikan kata-katanya adalah Christine yang taat dan Helena, seperti yang berdua tahu bahasa Latin. Yang lain pergi ke gereja hanya untuk melihat pakaian dan gaya yang lain dan gosip. Mereka tidak tahu arti sebenarnya dari massa. Pendeta berbicara tentang pengampunan dan tentang fakta bahwa kita harus memperhatikan tanda-tanda yang datang dari hati kita. Dia bilang ini kompas terbaik untuk pengelana yang hilang. Massa terus dan mencapai momen komuni. Ketika pendeta mengubah roti dan anggur menjadi tubuh dan darah Yesus Kristus, Christine tampaknya melihat Claudio di altar itu, di samping Bapa. Dia menggelengkan kepalanya dan visi menghilang. Itu kedua kalinya hal ini terjadi padanya. Pertama kali itu terjadi dia merajut di teras rumahnya. Apa yang terjadi padanya? Pikirannya bahkan tidak menghormati massa. Christine memutuskan untuk tidak mengambil komunian karena dia tidak siap dan tidak merasa benar-benar murni untuk mengambil bagian di dalamnya. Helen tahu. Perayaan terus berlanjut dan Christine mencoba untuk fokus pada khotbah pendeta. Dia memperhatikan setiap kata yang diucapkannya. Pada saat itu, akhirnya dia bisa melupakan Claudio sedikit dan melupakan piknik yang indah. Dia hampir menyerahkan dirinya padanya di gunung. Takut akan penilaian dan ayahnya menahan dia kembali. Pendeta memberikan diprediksi terakhir dan Christine merasa lebih ringan. Dia tidak perlu khawatir tentang menahan pikiran-pikirannya lagi.

Refleksi

Christine, bersama orang tuanya, tinggalkan ketergantungan dari kapel kecil St. Sebastian. Mayor mengucapkan selamat tinggal pada mereka dan pergi untuk mengurus bisnis di gedung Asosiasi Penduduk. Rumah dua-kembali. Seiring cara, Christine mulai merenung pada acara itu mendengar beberapa saat yang lalu dari pendeta. Apa dia menerima pengampunan dari ibunya setelah meninggalkan biara? Apa dia sudah dimaafkan? Jawaban kedua pertanyaan adalah tidak. Ibunya, kecewa setelah keluar dari biara, tidak pernah lagi ibu yang sama yang telah dia pelajari untuk mencintai dan rasa hormat. Dia tidak lagi mencintai atau menunjukkan padanya semacam emosi peduli seperti sebelumnya. Ibunya bukan lagi temannya, hanya seorang pendamping. Dia berbicara tentang biara dan berkomentar bagaimana dia akan begitu bahagia jika dia memiliki seorang biarawati. Dia masih memberi makan harapannya sendiri bahwa Christine akan kembali ke sana. Adapun nasibnya sendiri, Christine masih meragukan. Dia yakin tentang perasaan yang dia miliki untuk Claudio tapi takut untuk menyerah sepenuhnya pada gairah ini dan berakhir terluka.

Christine telah belajar, di biara, bahwa pria memiliki banyak sisi pada mereka dan tidak bisa dipercaya. Adapun fakta mengikuti hatinya, dia menolak untuk mendengarkan itu di saat-saat yang paling penting dalam hidupnya. Dia tidak mendengarkan ketika ia mengatakan tidak terlibat dengan anak tukang kebun di biara. Sekali diusir, dia meninggalkannya tanpa penjelasan. Dia juga tidak mendengarkan ketika ia memintanya untuk menyerah kepada Claudio, di gunung. Sebaliknya, dia lebih suka mematuhi konvensi sosial dan ketakutan. Keduanya menolak untuk mendengarkan hatinya, dia telah terhalang. Christine membuat perjanjian dengan dirinya sendiri dan menerima untuk mendengarkan pada kesempatan berikutnya. Massa Pastor Chiavaretto telah terbukti membantu.

Danau Sucavão

Ini adalah hari Selasa yang tenang. Sehari sebelumnya, hujan lebat telah mengisi sungai dan sungai. Tempat itu penuh dengan banyak pemandian dari seluruh wilayah yang bersenang-senang di Sungai Mimoso. Sementara itu, kelompok teman-teman muda, yang menuju Claudio sedang dalam perjalanan ke kediaman Christine. Mereka akan memintanya untuk pergi pada perjalanan khusus lain. Mereka tiba di kediaman dan tepukkan tangan mereka untuk didengar. Gerusa, pembantu rumah, membuka pintu.

" Apa yang kau inginkan?

"Kami di sini untuk berbicara dengan Christine. Apa dia di rumah?

" Dia. Tunggu sebentar. Aku akan meneleponnya.

Beberapa saat kemudian, Christine muncul tersenyum dan siap untuk berbicara dengan mereka.

"Gerusa bilang kalian ingin bicara padaku. Tentang apa?

Claudio, pemimpin kelompok, berbicara.

"Kami di sini untuk mengundang Anda untuk pergi pada perjalanan yang menarik dengan kami. Dengan hujan kemarin, sungai dan sungai dari daerah yang dipenuhi. Seluruh kota menikmatinya. Di peternakan Frexeira Velha, dekat sini, ada tempat yang sangat istimewa yang ingin kami tunjukkan. Bagaimana menurutmu?

"Jika kau berjanji tidak akan ada kejutan seperti saat itu saat piknik, aku akan pergi. (Christine)

" Tidak akan ada. Kau akan senang dengan tempat ini. (Fabiana)

"Kami berjanji akan menunjukkan pagi yang sangat istimewa. (Rafael)

Para anggota lain juga mendorong Christine untuk menerima dan akhirnya dia setuju. Lagi pula, dia tidak melakukan hal penting saat itu. Pergi keluar sedikit akan membantunya untuk merenungkan beberapa ide. Dengan persetujuan Christine, kelompok itu mulai berjalan menuju tujuan yang dia abaikan. Claudio menawarkan tangannya dan dia menerimanya, mengikuti insting hatinya. Dia telah belajar ini dari pendeta. Kontak fisik membuat Christine menyelam ke alam semesta paralel jauh melampaui imajinasi manusia biasa. Di tempat ini, tidak ada ruang untuk siapa pun kecuali untuk dia dan kekasihnya. Dia menikah dengan setidaknya tujuh anak, semua dari Claudio. Orang tua yang berprasangka dan moral tidak stabil tidak stabil tidak stabil tidak mampu mempengaruhinya dalam imajinasinya sendiri. Jika gunung Ororubá benar-benar suci, itu akan melanjutkan dengan permintaan mereka dan membuat rencana ini menjadi kenyataan. Meskipun ini hampir mustahil untuk dua alasan. Pertama, karena dia adalah putri seorang ibu yang masih menyimpan harapan dia menjadi seorang biarawati. Kedua, dia punya ayah yang memproyeksikan masa depan untuknya (dalam opininya dengan bahagia), dengan menikahinya dengan seseorang dari tingkat sosial mereka sendiri. Selain itu, keduanya sangat berprasangka.

Kelompok ini berhenti sedikit sehingga semua orang dapat hidrat. Claudio tidak akan melepaskan tangan Christine untuk sesaat. Dalam pikirannya, Christine hanya akan menjadi miliknya, melihat bagaimana mereka terhubung. Sejak pertama kali bertemu dengannya, hidupnya berubah. Dia mulai memberikan kurang penting untuk minum dan merokok. Dia hampir berhenti melakukannya. Teman-temannya juga memperhatikan perubahan. Dia telah menjadi orang yang lebih karismatik dan ceria. Dia tidak mengeluh lagi tentang pekerjaan atau tagihan. Ia telah diterangkan oleh kasih Tuhan. Untuk Christine, dia bersedia melakukan apa saja untuk menghadapi Mayor dan istrinya, untuk menghadapi opini publik, untuk menghadapi Tuhan dan dunia jika perlu. Dia mulai mengenal cinta sejati, tidak seperti waktu yang lain ia telah berkencan.

Kelompok mempercepat kecepatan mereka dan dalam sepuluh menit mereka mencapai peternakan Frexeira Velha. Mereka berbalik ke kanan dan berjalan beberapa kaki lagi sebagai jalan pintas membawa mereka ke jurang kereta api. Mereka akhirnya tiba di tujuan mereka dan Christine kagum. Itu menghadapi kolam hidrat alami di batu dan yang menghadap aliran kecil.

"Jadi, ini yang ingin kau tunjukkan padaku. Ini sensasional!

"Kami tahu kau akan menyukainya. Ini adalah tempat yang bagus untuk bersantai sedikit. Ini disebut Sucavão. (Claudio)

Mereka semua lari ke keajaiban kecil ini alam. Claudio bergerak sedikit dari Christine dan mulai melompat di sekitar orang gila di dalam air. Dia tetap terendam selama beberapa detik. Christine menjadi khawatir dan mulai mencarinya di seluruh kolam. Ketika dia tidak mengharapkan itu, dua lengan kuat memegang pahanya dan Claudio muncul, memeluknya.

"Apa kau mencariku?

Christine tidak mengatakan apa-apa dan mengisi lengannya di bahu Claudio. Dia merasakan momen dan bergerak lebih dekat dengannya. Bibirnya bersikeras mencari miliknya. Keduanya saling menemukan dan menyebabkan badai tepuk tangan. Christine dan Claudio berbalik ke arah yang lain dan tertawa. Hubungan mereka dikonfirmasi. Semua orang terus menikmati kolam renang. Claudio dan Christine jangan bergerak dari sisi satu sama lain. Kelompok ini menghabiskan sepanjang pagi di Sucavão dan kemudian semuanya kembali ke rumah mereka.

Pasar

Rabu pagi yang cerah muncul dan Christine baru saja terbangun. Dia bangun dari tempat tidur dan mandi. Dia memasuki kamar mandi, menyalakan keran dan air dingin membanjiri seluruh tubuhnya. Saat itu, pikirannya berjalan dan mendarat tepat di peristiwa hari sebelumnya. Dia memikirkan pelukan Claudio dan ciuman. Kontak fisik awalnya membuatnya lebih yakin tentang apa yang dia rasakan padanya. Itu sesuatu yang sangat abadi. Dia mematikan air, sabun dan ketakutan mulai untuk mengambil memegang pikiran intim . Apa yang akan terjadi pada mereka ketika orang tuanya tahu? Apakah cinta lebih kuat dari prasangka dan konvensi sosial? Apakah gunung itu benar-benar menjawab permintaannya? Jawaban untuk pertanyaan-pertanyaan yang tidak dia ketahu. Satu-satunya hal yang bisa mereka lakukan adalah untuk menikmati momen ini dan berharap bahwa itu akan berlangsung selamanya.

Dia memutar kembali air dan ketakutan sebelumnya menghilang. Dia bersedia berjuang untuk cinta ini bahkan jika itu biaya mahal. Air dari keran membuatnya ingat Sucavão dan bagaimana tempat itu ajaib. Dia pikir semua orang harus seperti sungai yang mengalir yang memberikan dirinya sepenuhnya untuk takdirnya. Begitulah cara dia bertindak dalam hubungan dengan cintanya, Claudio. Air dingin mulai mengganggu dia dan dia memutuskan untuk mematikannya. Dia mengambil dua handuk dan mulai mengering. Setelah benar-benar mengeringkan dirinya, dia berpakaian dan pergi ke dapur untuk sarapan. Setelah tiba, dia menemukan Gerusa melayani orang tuanya.

"Sudah siap? Kau terlihat hebat. Apa yang terjadi?

" Tidak ada, Ibu. Aku baru saja memiliki malam yang baik.

"Putriku adalah gadis yang baik. Dia tidak akan melakukan apa-apa terhadap prinsip kita. (Mayor)

Sebuah dingin Suca tur tubuh Christine dan pada saat itu tampaknya orang tuanya telah menebak pikirannya. Dia memutuskan untuk tetap diam sehingga tidak menimbulkan kecurigaan.

"Bagaimana kalau kita pergi ke pameran hari ini? Aku butuh buah, sayuran dan kacang. (Helena)

"Aku akan senang pergi denganmu, Bu. (Christine)

" Aku tidak bisa. Aku akan mengurus bisnis. (Mayor)

Dua menyelesaikan sarapan dan pergi ke pasar. Pasar Mimoso telah menjadi acara besar yang memikat pengunjung dari seluruh wilayah. Pada hari itu, sangat sibuk dan perdagangan berkembang. Christine dan Helena mendekati Kios Buah Olivia dan saat ini surga melihat hati dalam pertukaran pandangan Christine dan Claudio.

" Kau di sini? Aku tidak mengharapkan itu. (Christine)

Ibuku meninggalkanku yang mengurus tendanya. Apa yang tidak akan dilakukan seorang anak untuk ibunya?

"Bagaimana kabarmu, Nona?

"Baiklah.

"Aku tidak tahu kalian berdua adalah teman yang baik.

Christine menyamarkan perasaannya pada Claudio sedikit dan merespons:

"Dia bagian dari kelompok teman yang pergi denganku dan selain itu, dia rekan kerjaku, apa kau lupa?

" Oh, ya. Pengumpul pajak.

Claudio mengedipkan mata pada Christine sebagai tanda keterlibatan. Mereka berdua harus berpura-pura sampai waktu yang tepat. Claudio bertanya:

"Apa yang akan Anda miliki?

"Aku ingin dua lusin pisang, tiga pepaya dan enam mangga. (Helena)

Christine memperhatikan setiap detail maskulin cintanya dan terkesan. Dia adalah pria yang dia inginkan, tidak peduli berapa banyak rintangan yang harus dia atasi. Dia telah belajar, di biara, bahwa pemenang adalah salah satu yang memiliki keberanian untuk berani. Claudio memberi mereka buah-buahan, Christine dan Helena pergi ke stasiun lain. Pasar akan terbuka sampai jam 2 sore.

Kasus sapi

Mayor Quintino, sebagai salah satu pelopor wilayah ini, menjadi pemilik perkebunan kaya dan konsekuensi salah satu peternakan ternak terbesar di wilayah tersebut. Suatu hari, karyawannya menyeberangi sapi di atas rel kereta api untuk memiliki akses ke bagian lain dari tanah. Secara kebetulan, bahwa instan yang sama, kereta dengan kecepatan besar muncul di horizon. Para karyawan bergegas menyeberang dan konduktor kereta mencoba untuk berhenti, tapi tanpa berhasil. Salah satu sapi ditabrak kereta dan meninggal saat tabrakan. Sopir terus berjalan dan karyawan terkejut. Mereka berkumpul dan memutuskan untuk memberitahu semua ke Mayor.

Ketika Mayor mendengar cerita, dia memerintahkan karyawannya untuk menempatkan batu raksasa di rel kereta api. Dalam waktu yang sama, Mayor tetap bertengger menunggu kereta. Terlihat di cakrawala tepat waktu dan ketika insinyur melihat batu dia berhenti pendek untuk mencoba untuk menghindari kecelakaan. Untungnya, dia berhasil dan tidak ada yang terluka. Sopir menjengkelkan, turun kereta dan bertanya:

"Siapa yang menaruh batu itu di tengah rel kereta api?

Pada saat itu, utama mendekati dia dan bertanya:

"Siapa namamu, Pak?

"Namaku Roberto. Katakan padaku, siapa yang menempatkan batu ini di jalanku?

"Orang-orangku yang menaruhnya di sini. Aku melihat bahwa hari ini kau berhasil menghentikan kereta. Namun, baru kemarin, Pak, Anda tidak berhasil dan memukul salah satu sapi saya.

"Itu bukan salahku. Kereta datang dengan kecepatan penuh dan ketika aku menyadari sapi itu masih ada, itu sudah terlambat.

"Maaf, aku tak bisa. Jangan khawatir, aku tidak akan mengadukanmu pada pihak berwenang atau menuntutmu untuk membayar sapi itu. Namun, mulai besok, setiap kali kau melewati desa ini kau akan berkewajiban untuk berhenti di depan rumahku bertanya apakah ada yang akan bepergian. Jika begitu, kau akan menunggu selama yang diperlukan bagi kita untuk bersiap-siap. Jika tidak, kau bisa mengikuti sepanjang perjalanan. Apa kita sudah jelas?

"Kurasa aku tak punya pilihan. Baik.

Perintah utama karyawannya untuk menarik batu itu sehingga kereta bisa melanjutkan perjalanan.

Pers

Mayor Quintino terkenal di seluruh wilayah untuk metode penyiksaannya. Yang paling dikenal dari mereka adalah, tanpa ragu, pers ditakuti. Itu alat musik besi dengan lima cincin, satu untuk menempatkan di leher, dua untuk setiap tangan dan dua untuk masing-masing kaki. Musuh Mayor dicambuk di media, sering sampai mati.

Dulu, Mayor memiliki tiga kuda dicuri dan pencuri itu terlihat oleh salah satu karyawannya. Pencuri itu menghilang untuk waktu yang lama dan Mayor gagal menemukannya. Dengan kasus ditutup, pencuri itu memutuskan untuk kembali dan terlihat berjalan-jalan di sekitar Mimoso. Mayor segera tahu itu dia dan mengirim karyawannya untuk menahannya. Pencuri itu tertangkap dan ditempatkan di media. Disiksa dan dipermalukan, pencuri mengaku kejahatan, dan mengatakan ia menjual kuda untuk mendapatkan beberapa perubahan. Mayor marah tidak memaafkannya dan memerintahkan karyawannya untuk mencambuknya sepanjang malam. Pencuri itu jatuh ke luka-lukanya dan meninggal. Karyawan Mayor mengambil mayatnya dan menguburnya. Dia adalah salah satu korban dari sistem kuno ini masyarakat; sistem yang membunuh bahkan sebelum penilaian.

Terakhir

www.ingramcontent.com/pod-product-compliance
Lightning Source LLC
LaVergne TN
LVHW020448080526
838202LV00055B/5389